Seelenpoesie

© 2020 Alexandra Thoese

Autor: Alexandra Thoese
Umschlaggestaltung: Alexandra Thoese
Zeichnungen: Eva-Maria Thoese
Coverfoto: subbotina, https://de.123rf.com

Verlag & Druck:
tredition GmbH, Halenreie 40-44, 22359 Hamburg

ISBN:
Paperback 978-3-347-04123-3
Hardcover   978-3-347-04124-0
e-Book   978-3-347-04125-7

Bibliografische Information der Deutschen Nationalbibliothek: Die Deutsche Nationalbibliothek verzeichnet diese Publikation in der Deutschen Nationalbibliografie; detaillierte bibliografische Daten sind im Internet über http://dnb.d-nb.de abrufbar.

Alexandra Thoese

Seelenpoesie

Worte, die das Herz berühren

Alexandra Thoese (Jg. 1969) lebt mit ihrer Familie in Bremen. Sie schreibt Gedichte und Geschichten, die Gefühle in Bilder aus Worten übersetzen.

Als feinsinnige Mentorin begleitet sie intuitiv und empathisch Menschen auf ihrem Herzensweg und in ihre Kraft.

www.alexandrathoese.de

Und wenn ich auf alles eine Antwort hätte, es würde nicht genügen. Daher ist Stille oft die einzige Antwort, die dein Herz versteht.

Alexandra Thoese

Vorwort

von Lilia Christina Martiny

Alexandra ist eine sensible Wortkünstlerin, die in ihrem poetischen Ausdruck die tiefen, stimmungsgeladenen und atmosphärisch dichten Zustände der menschlichen Seele, treffend beschreibt.

Die ganze Magie ihrer Texte entfaltet sich dabei dem Leser, der sich von ihren Worten wirklich berühren lässt und mit diesen Texten „geht". Gleichzeitig verschließt sich die Tiefe ihrer Worte demjenigen, der nur oberflächlich konsumieren möchte.

Dadurch bekommen Alexandras Wortzaubereien eine pure schlichte Echtheit, ein Hinabblicken in die eigene Seelentiefe und das ist es, was die Texte von Alexandra für mich so besonders macht: Ich finde mich in ihnen wieder und verliere mich gleichzeitig darin.

Ich erkenne, surfe und lasse mich tragen von den Sätzen, die noch tagelang in mir weiterklingen.

Ähnlich einer Muschel mit ihren vielen Windungen erforsche ich mich über diese Texte, fühle neue Möglichkeiten, spiele, um erneut sanft zu landen.

Einfach wunderschön!

Lilia Christina Martiny

Autorin, Mentorin und Retreatleiterin in der Bretagne

Wie die Poesie mich fand

Als Schulkind versuchte ich mich im Schreiben eines Tagebuchs, doch dies inspirierte mich nicht und bis auf die Schilderung meines Tagesablaufes, blieb es nüchtern und langweilig. Damals wusste ich nicht, über was ich schreiben könnte.

Bereits früh liebte ich Poesie und probierte mich als Jugendliche im Gedichteschreiben. Rainer Maria Rilke und weitere wunderbare Dichter und Denker begleiten mich intensiv seit meiner Schulzeit.

Nach meiner Schulzeit schrieb ich viele Jahre kaum etwas. Als später elektronische Medien in mein Leben kamen, merkte ich schnell, dass ich mich mit dem geschriebenen Wort feiner und detaillierter ausdrücken konnte, als mit Sprache.

Vor einigen Jahren fand die Poesie in mein Leben zurück. Nach einem tiefgründigen Gespräch mit einer Freundin schrieb ich ein Gedicht für sie. Die Worte flossen einfach aus mir heraus.

Worte finden mich. Schreibend verbinde ich mich mit meinem Herzen. Ich mag Worte und liebe es, Menschen mit ihnen zu berühren. Schreibend wandere ich in die Tiefe. Dort finde ich Bilder, die ich in Worte übersetze. Es ist ein sehr intensiver und gleichzeitig lebendiger Prozess.

Die Themen, über die ich schreibe, finden mich von selbst. Oft ist es ein einzelnes Wort, welches mich inspiriert, und ich beginne zu schreiben. Der Text entsteht in diesem Moment. Manchmal geht es um meine Empfindungen oder um Themen, die ich im Außen wahrnehme.

Mit meinen Worten möchte ich dich erinnern, berühren, inspirieren, trösten und auf deinem Weg begleiten.

Ich wünsche dir von Herzen eine heilsame Zeit mit meinen Gedichten.

Deine Alexandra

Lieben was ist

Was wenn es Liebe ist,
dass du hier bist?
Mit allem, was dich ausmacht,
mit allem, was du mitbringst?

Was wenn es Liebe ist,
dass du erfährst und entscheidest?
Auch wenn es schmerzt
und die Wunde blutet?

Was wenn es Liebe ist,
dass du viel siehst, viel hörst
und viel fühlst?
Auch, wenn es dich aufwühlt?

Was wenn es Liebe ist,
dass es Zeiten gibt,
an denen nichts sicher scheint?

Was wenn es Liebe ist,
dass du die Antwort nicht kennst?
Und in die Frage hinein lebst?

Was wenn es Liebe ist,
dass du hier bist?

Heilung

Sie kommt leise.
Auf zarten Sohlen.
In sanften Schüben.
Sie umwandelt den Verstand.
Nimmt Platz in deinem Herzen.
Sie atmet mit dir.
Schlag um Schlag.
Sie dehnt sich behutsam.
Ins Dunkle hinein.
Nicht fordernd.
Freilassend.
Sie streichelt den Schmerz.
Solange er braucht.
Gütig. Achtsam.
Sie küsst sein Haupt.
Flüstert Worte der Heilung.
Still.
Sanft.
Liebevoll.

Sie ist da.
Wenn aus der Tiefe.
Schreie drängen.

Sie hält den Raum.
Sie öffnet Fenster.
Lässt Licht hinein
Ins Dunkle.
Sanft.
Still.
Liebevoll.

Sie hütet behutsam.
Was schmerzt.
Bis es Zeit ist.

Du spürst sie.
Sanft.
Still.
Leise.

Wenn du bereit bist.
Für Heilung.

Tanze dein Herz

Öffne den Raum deines Herzens.
Lasse dich führen.
Halte inne und lausche.
Finde deinen Klang,
deinen Rhythmus,
deine Melodie.
Wiege dich liebevoll.
Tanze so sanft und wild,
wie es dir entspricht.

Dein Herz ruft dich.
Es schlägt für dich.
Es nährt und versorgt dich.
Es pulsiert. Takt um Takt.
Lebendig und kraftvoll.
Innen wie außen.
Aus der Tiefe ans Licht.

Lege deine Hände auf dein Herz.
Atme. Zug um Zug.
Mal fein. Mal sinnlich.
Mal kräftig. Mal impulsiv.

Lausche.
Spüre.
Tanze.

Dein Herz kennt den Weg.
Folge ihm.
Vertraue.
Breite deine Arme aus.
Gib dir Raum.
Herzraum.
Öffne deine Augen.
Schau hinaus.
Ins Leben.

Tanze geliebtes Herz.
Tanze dein Leben.

Sturm

Der Wind bläst fort,
was ausgedient hat.
Er weht in jede Nische,
wirbelt auf, was gesehen
und gefühlt werden möchte.
Er bringt das Wirrsal vor der Lichtung.

Der Wind peitscht das Meer auf.
Es steigt,
überspült das Ufer,
nimmt mit, was nicht mehr trägt.
Das Wasser dringt in Räume.
Flutet sie, hinterlässt Spuren.
Es drängt zu Neubeginn.

Wenn der Wind verstummt,
kehrt Stille ein.
Der Himmel lichtet sich.
Die Sonne heilt die wunden Räume.
Sie trocknet den Boden
und wärmt Leib und Seele.

Wenn es uns aufwühlt,
ist es gut, zu erinnern,
was uns Halt gibt.

Frage dich:
Was trägt mich?
Was nährt mich?
Was darf nun gehen?

Spüre hinein in die Verbindung.
Lasse los, was der Wind davonträgt.
Übergib dich dem Sturm.
Mit allem. Bedingungslos.
Für den Moment.
Spüre die Berührung,
die er bringt.
Erinnere deine Wurzeln.
Vertraue auf die Kraft,
hinter der Wunde.

Stelle dich bewusst in den Sturm
und sprich laut:
Ich lasse geschehen.
Ich gebe mich hin.
Ich nehme an.

Dann wird es still in dir.
Du empfängst den Segen
und die Sonne wärmt dein Herz.

Umarme dich sanft.
Das Neue heißt dich willkommen.
Zart und klar.

Mutig setzt du deinen Weg fort.
Schritt um Schritt.

Es ist Zeit

Heute Nacht
Träumte ich uns
Im Kreis stehend
Gehalten an Händen
Jenseits von Worten
Lächelnd, wissend
Es ist Zeit
Wir finden uns
Es ist Zeit
Für uns

Ich sehe dich

Ich sehe dich,
durch Schichten des Schutzes,
der Scham und der Angst.

Ich sehe dich,
die Tiefe, deinen Kern,
deine Sanftheit
und deinen Kummer.

Ich sehe dich,
spüre dein Herz
im Gleichklang mit meinem.

Ich sehe dich,
lege meine Hand
auf dein Herz
und atme deinen Raum.

Wenn es dunkel wird

Wenn es dunkel wird,
stehe ich bei dir,
halte deine Hand,
spüre dich,
sehe dich,
höre dich.

Wenn es dunkel wird
und die Stille dich findet,
liege ich bei dir,
streichle deinen Kopf,
lege meine Hand auf dein Herz,
flüstere dir sanft ins Ohr.

Wenn es dunkel wird,
bin ich bei dir
und führe dich ins Licht.

Wir sind viel mehr

Wir sind viel mehr, als wir glauben.
Wir können viel mehr, als wir wissen.
Wir haben viel mehr, als wir brauchen.
Wir denken viel mehr, als wir möchten
Wir reden viel mehr, als wir müssen.
Wir sehen viel mehr, als wir sollen.
Wir hören viel mehr, als wir mögen.
Wir fühlen viel mehr, als wir wollen.

Aus dem Fühlen erwächst Weisheit.
Aus dem Hören keimt Mitgefühl.
Aus dem Sehen erblühen Bilder.
Aus Gesprächen erwachsen Taten.
Aus Gedanken reifen Visionen.
Aus Träumen wird Realität.

Gemeinsam.
Das ist unser Weg.

Seelenschaukeln

Tief tauchend, begegne ich mir.
Kreiselnd, sinkend, atmend, fühlend,
begegne ich mir.
Fallend, wirbelnd, vibrierend, flüsternd,
begegne ich mir.
Schwebend, schwankend,
schwitzend, stampfend,
begegne ich mir.
Brennend, tanzend, springend, singend,
begegne ich mir.
Fliegend, sprudelnd, schreiend, lauschend,
begegne ich mir.

In der Begegnung mit mir
erkenne ich dich.

Tanzend umarmend und liebend
wird aus dem WIR mein ICH.

Wenn du kämpfst

Die, die kämpft, ist nie bei sich,
Die, die kämpft, spürt sich nicht,
Die, die kämpft, erschafft Distanz,
Die, die kämpft, verliert ihre Kraft,
Die, die kämpft, steht allein und fürchtet sich,
Die, die kämpft, sieht sich nicht,
Die, die kämpft, verleugnet den Schmerz,
Die, die kämpft, ist ohne Halt,
Die, die kämpft, erhofft sich Schutz.

Wenn du aufhörst zu kämpfen,
dann findest du dich.

Dann kehrt Stille ein
und das Leben heilt dich.

An Tagen wie diesen

An Tagen wie diesen denke ich an dich.
An Tagen wie diesen weine ich um dich.
An Tagen wie diesen spreche ich mit dir.
An Tagen wie diesen sehe ich dich.
An Tagen wie diesen spüre ich dich.
An Tagen wie diesen hadere ich.
An Tagen wie diesen bin ich zornig.
An Tagen wie diesen suche ich dich.

An Tagen wie diesen
verstehe ich es nicht.
An Tagen wie diesen
sind Wege immer zu kurz.
An Tagen wie diesen
verkehrt sich die Zeit.
An Tagen wie diesen
finden Erinnerungen mich.
An Tagen wie diesen
trage ich den Kummer derer,
die dich lieben.
An Tagen wie diesen
lausche ich meiner Seele,
die mit dir spricht.

Diese Tage bringen mich
deinem Wesen nahe.
Dann ist neben der Lücke
auch die Fülle, die du erschaffen hast.
Dann ist neben der Traurigkeit
auch die Dankbarkeit, dass du warst.
Dann ist neben dem Schmerz
auch deine Liebe zu spüren.

Dann hört die Frage nach dem Sinn
auf und das Herz leuchtet friedlich
und erinnert dich.

Dann bist da du.
Und du lächelst mir zu.

Suche

Lange suchte ich im Außen
nach dem verlorenen Anteil in mir.
Lange suchte ich nach Einheit
und Gleichheit im Anderen.
Lange spürte ich Schmerz
und Einsamkeit, gepaart
mit Trauer und Hoffnungslosigkeit.

Erst als ich zuließ,
zu sehen, was zu sehen war,
zu fühlen, was zu fühlen war,
zu hören, was zu hören war,
konnte ich spüren, was verloren schien.
Erst als ich in die Tiefe sah,
erkannte ich, dass alles vollständig
und niemals ohne dich war.

Heute sehe und spüre ich dich in mir.
Heute weiß ich dich neben mir.
Heute weiß ich, ich bin nicht allein.
Heute weiß ich, wie es ist
ganz mit dir bei mir zu sein.

Diese Tage

Kennst du diese Tage, an denen
mehr Schwere als Leichtigkeit in dir lebt?
Kennst du diese Tage, an denen
der Zweifel die Zuversicht leugnet?
Kennst du diese Tage, an denen die Welt
im Schnelldurchlauf an dir vorbeizieht?
Kennst du diese Tage, an denen
es in dir regnet, auch wenn draußen
die Sonne scheint?
Kennst du diese Tage,
an denen die Hoffnung in der Ferne
immer kleiner wird?
Kennst du diese Tage, an denen
die Müdigkeit um Aufmerksamkeit ringt?
Kennst du diese Tage, an denen
dein Körper den Schmerz herausschreit?
Kennst du diese Tage, an denen
du in Gemeinschaft einsam bist?
Kennst du diese Tage, an denen
das Leben grau ist statt bunt?
Kennst du diese Tage, an denen der Weg
kein Weg ist, sondern ein Ozean?

Kennst du diese Tage, an denen die Sicht trüb
ist und dein Blick verschleiert?

Glaube mir, wenn ich dir sage,
dass auch diese Tage wertvoll und
wahrhaftig sind, denn sie lassen
dich fühlen, was an Fülle in dir ist.

Glaube mir, wenn ich dir sage,
dass jeder Tag eine neue Möglichkeit
bietet.

Es ist an uns zu wählen, zu wachsen,
zu stolpern, zu tanzen, zu hadern,
zu schwimmen, zu schlafen,
zu trauern, zu lachen, zu stürzen,
aufzustehen und weiterzugehen.

Es ist immer deine Entscheidung,
wohin du blickst. Erlaube dir,
Güte für dich selbst zu fühlen.

Woran ich glaube

Ich glaube daran,
dass das Leben göttlich ist.
Ich glaube daran,
dass du und ich Schöpfer sind.
Ich glaube daran,
dass alles wichtig und richtig ist.
Ich glaube daran,
dass die Tiefe lichtvoll ist.
Ich glaube daran,
dass Angst auch Liebe ist.
Ich glaube daran,
dass Liebe unendlich ist.

Ich weiß, dass es Wahrheit ist,
was mein Herz flüstert.
Ich weiß, dass der Weg weitergeht,
egal in welche Richtung ich blicke.
Ich weiß, dass ich immer die Wahl habe
zu wählen.
Ich weiß, dass ich hier bin,
um zu erinnern.

Dich und mich.
Solange ich lebe.

Manifest

Ich habe verstanden,
dass ich alles in mir habe,
was ich zum Leben brauche.
Ich habe verstanden,
dass ich mich verleugne,
wenn ich dir bedingungslose
Liebe verspreche.
Ich habe verstanden,
dass du mich nicht darum gebeten hast,
dass ich mich aufgebe.
Ich habe verstanden,
dass ich Schöpferin bin und
dass ich nichts aushalten muss.

Ich habe verstanden, dass manches endet,
um neu zu beginnen.
Ich habe verstanden, dass hinter
dem Schmerz die Heilung liegt.
Ich habe verstanden,
dass es einzig meine Zustimmung ist,
die mich weitergehen lässt.
Ich habe verstanden,
dass ich außerordentlich mutig bin,
wenn ich mein Herz offen halte.

Ich habe verstanden,
dass es an mir ist,
dir und mir zu vergeben.
Ich habe verstanden,
dass mein Herz der Schlüssel
zur Heilung ist.
Ich habe verstanden,
dass ich immer selbst wähle
und das Zepter in der Hand halte.
Ich habe verstanden,
dass die Liebe bleibt,
auch wenn der Weg endet.

Ich habe verstanden,
dass meine Wahrheit deiner
nicht entsprechen muss.
Ich habe verstanden,
dass ich meine Flügel nutzen darf,
wenn ich fliegen will.
Ich habe verstanden,
dass ich wählte, nur halb zu leben.
Ich habe verstanden,
dass ich entschied meine Krone
abzulegen.

Ich habe verstanden,
dass ich beschloss, den Schlüssel
zu meinem Herzen zu vergraben.

Ich habe verstanden
und ich spüre die Wahrheit
hinter den Worten
und fülle sie mit Leben.

JETZT

Geliebtes Herz

Du, kennst den Schmerz.
Du, wurdest verleumdet,
verwundet und verschmäht.
Heute stehst du da.
Heute ist es anders.
Du spürst die Wunde.

Es ist gut, denn es macht dich lebendig.
Es ist gut, denn es öffnet Tore.
Es ist gut, denn es heilt dich.
Es ist gut, denn es versöhnt dich.

Geliebtes Herz.
Zeige den Schmerz. Fühle ihn.
Gebe dich hin. Weine. Fluche.
Stampfe. Klage.
Gib dir Raum.
Und dann, wirst du still.
Du spürst die Wunde.

Lege eine Hand auf dein Herz.
Spüre dich. Den Schmerz. Den Kummer.
Die Angst. Die Liebe. Die Hoffnung.
Den Mut.

Es wird leichter werden.
Die Wunde wird heilen.
Du wirst offenbleiben.
Dich zeigen.

Du liebst.
Aus ganzem Herzen.

Angst

Ich habe häufig Angst.

Angst davor allein zu sein.
Angst davor ich selbst zu sein.
Angst davor was in mir steckt.
Angst davor Gefühle fühlend auszuhalten.
Angst davor zu fallen
und mich aufzulösen.
Angst davor weiterzugehen.
Angst davor zu leben.

Wenn sie kommt, die Angst,
dann wird es eng in mir.
Manchmal finster. Manchmal tief.

Ich habe häufig Angst.

Und,
Ich lebe gerne.
Ich liebe gerne.
Ich lache gerne.
Ich berühre gerne.
Ich gehe gerne voran.
Ich bin gerne mutig.

Angst ist eine alte Stimme in mir.

Ich kann ihr folgen.
Ich kann sie hören und weitergehen.
Ich kann entscheiden.

Das macht mich frei.
Das Leben ruft mich.
Ich folge ihm.

Ich habe vergessen

Ich habe vergessen,
dass du schon alles wusstest,
als du ankamst.
Ich habe vergessen,
dass du dich mit jedem Atemzug
an Lebendigkeit erinnertest.
Ich habe vergessen,
dass Leben deine Wahl war.
Ich habe vergessen,
dass ich nicht mehr tun konnte,
als dich zu halten.

Ich habe vergessen,
wie einfach es ist, dir zu lauschen
Ich habe vergessen,
dass meine Instinkte mich immer
zu leiten vermögen.
Ich habe vergessen,
dir und dem Leben zu vertrauen.
Ich habe vergessen,
dass du und ich zwei Menschen
mit einem eigenen Kosmos sind.

Ich habe vergessen,
dass ich dich nur ein Stück
deines Weges begleite.
Ich habe vergessen,
dass Liebe und Vertrauen,
das Beste ist, was ich dir schenken kann.

Ich habe vergessen.

Eines Tages, heute oder morgen,
werde ich aufwachen und wissen:
Es ist gut.

Eines Tages, werde ich dich ansehen
und dir sagen: Danke, dass du mich
erinnerst. Danke, dass ich mit dir
wachse.

Eines Tages wirst du mich anschauen
und zu mir sagen:
Alles ist gut, Mama.

Was ich dir sagen möchte

Ich möchte dir sagen:
Du bist wichtig.
Ich möchte dir sagen:
Ich sehe dich.
Ich möchte dir sagen:
Du bist nicht allein.
Ich möchte dir sagen:
Du bist geliebt und gewollt.
Ich möchte dir sagen:
Du bist das große Ganze.
Ich möchte dir sagen:
Höre auf zu warten.
Ich möchte dir sagen:
Ich achte deinen Schmerz.
Ich möchte dir sagen:
Dein Atem trägt dich.
Ich möchte dir sagen:
Wir sind eins.

Ich lausche deinen Worten,
spüre deinen Kummer,
deinen Kampf, dein Zaudern,
deine Angst und deinen Schmerz.

Höre deine Stimme, die sagt:
das kann nicht wahr sein.

In deinen Augen sehe ich den Funken.
Ich sehe die große Frage.
Nach Sinn.
Nach Glauben.
Nach Wahrheit.

Meine Hand findet deine
und leise flüstere ich:
Du bist wichtig.
Du bist geliebt.
Du bist alles, was du sein möchtest.
Du bist Frau und Mann.
Du bist Mutter und Vater.
Du bist Eltern und Kind.
Du bist Mensch und Seele.
Du bist Körper und Geist.
Du bist Schmetterling und Blume.
Du bist Ozean und Wüste.
Du bist die Summe deiner Teile.

Du bist das alles und
das dazwischen, darüber, darunter.
Du bist ein eigener Kosmos.
Du bist das Geschenk Leben
und der Mensch, der du wählst zu sein.

Lausche dir.
Spüre dich.
Erinnere dich.

Du hast gewählt, hier zu sein.
Nimm deinen Platz ein.

Leise flüstere ich deinen Namen,
bis du an meiner Seite stehst.

Geliebte Wunde

Geliebte Wunde
Du zeigst deinen Schmerz,
deine Ohnmacht.
Du erinnerst mich.

Anders als damals,
erhebe ich mich.
Spreche meine Wahrheit.
Ziehe in den Kampf,
mit meiner Kraft.
Mein Haupt ist erhoben.
Meine Hand fest.
Mein Wille gewaltig.

Ich erhebe meine Faust,
schlage den Tisch, sodass er bricht.
Zwei Hälften eines Ganzen.
In der Mitte die Wunde.
Tief und dunkel.

Ich höre eine Stimme.
Sie flüstert: Es ist genug.
Sie wächst von innen nach außen,
durchströmt jede Pore.
Wird lauter.

Die Wunde schmerzt.
Ich trage sie.
Mit Würde.
Und Hoffnung.
Mit Kraft.
Und Anmut.
Mit Weisheit.
Und Liebe.
Mit Mut.
Und Vertrauen.

Es ist Zeit.

Ich sammle meine Kraft.
Schaue mich um. Sehe dich.

Die Zeit ist reif.
Lass uns gehen.
Schritt um Schritt.
Der Wahrheit entgegen.
Entschlossen im Herzen.

Meine Kleine

Meine Kleine.
Geschlafen.
Hast du.
Lange schon.
Geweint im Schlaf.
Hast du.
Lange schon.
Geträumt im Schlaf.
Hast du.

Nun ist es Zeit.
Zu erwachen.
Die Tränen abzuwischen.
Die Träume zu sortieren.
Hinfort mit denen, die Angst machen.
Herbei mit denen, die stärken.

Öffne deine Augen.
Schau.
Ich bin da.
Bei dir.
Immer.
Ich erinnere dich.
Mich.

Zart und sanft.
Klein und groß.
Ängstlich und mutig.
Traurig und freudig.
Verloren und gefunden.

Nimm meine Hand.
Ich halte dich.
Trage dich.
Wiege dich.
Immer.
Du und ich.
Eins.

Schritt für Schritt.
Gehen wir.
Gemeinsam.
Unser Tempo.
Liebevoll.
Bedachtsam.
Würdevoll.
Vereint.
Im Herzen.

Schau mich an.
Ich bin da.
Ich bleibe.
Immer.
Du und ich.
Hand in Hand.
Eins.

Erinnere dich

Erinnere all jene, die du schon warst.
Erinnere deine Kraft, deine Stärke,
deinen Mut, dein Vertrauen,
deine Würde.

Erinnere dich, wofür du hier bist.
Erinnere dich, an deinen Ursprung.
Erinnere dich, dass du entschieden hast
hier zu sein.

Nimm deinen Platz ein.
Wir brauchen dich.

Du bist willkommen.
Mit all dem, was dich ausmacht.
Mit all dem Schmerz, dem Kummer,
der Angst und den Wunden.
Mit all der Liebe und Güte, die in dir ist.
Mit all der Sanftheit und der Kraft.
Mit all der Wut und der Scham.

Nimm deinen Platz ein.
Wir brauchen dich.

Eines ist sicher: Dein Leben endet.
Auch dieses. Sowie die anderen auch.
Mach daraus, was DU dir wünschst.

Erinnere dich. Du weißt bereits alles.
Verbinde dich. Vertraue.
Es gibt nichts zu tun.
Entspanne dich. Atme.
Sei lebendig.
Breite deine Flügel aus. Fliege.
Wir brauchen dich.
Hier. Heute. Jetzt.

Mach dich auf den Weg.
Wir warten auf dich.

Die Welle

Sie kommt.
Die Welle.
Aus der Stille gebiert sie sich.
Langsam baut sich Strömung auf.
Kleine Wellen tanzen.
Gischt schäumt auf ihrem Kamm.
Sie baut sich auf.
Die Welle.

Sie zieht sie sanft ins Meer.
Sie taucht hinab in die Tiefe.
Es ist still. Friedlich. Weich.
Sie erinnert sich.
An Stille. An Weisheit.
An Sanftmut. An Kraft.
An Liebe. An Einssein.
An Verbindung.
An alles was jemals war.

Sie erinnert sich.

Sie weint Tränen.
So wie sie es immer tat.
Sie ist das Meer.

Der Ozean aus dem Leben entsteht.
Ihr Blick taucht bis zum Grund.
Ihre Füße stehen auf Sand.
Sanft und stark.

Sie erinnert sich.

Sie steigt aus dem Meer.
Richtet ihren Blick in die Ferne.
Sie weiß. Es ist ihr Weg.
Geboren aus dem Meer.
Schreitet sie.
Schritt um Schritt.

Sie erinnert.
Die Tiefe. Die Sehnsucht.
Den Frieden. Das Leben.

Schritt um Schritt gibt sie es ins Leben.
Sie berührt und erinnert.

Das ist ihre Bestimmung.

Wunde Wurzeln

Wenn es dich trifft.
Urplötzlich und aus dem Nichts.
Dann zieht es dich.
Hinab in die Tiefe.
In der du keinen Boden spürst.
Der alte Schmerz.
Ummantelt dich.
Du erinnerst dich.
Es schmerzt.
Du spürst die Wunde.
Du fällst in den Kern.
Du krümmst dich zusammen.
Suchst ein Versteck.
Deine Wurzeln brennen.
Du fühlst den Schmerz.

Atme. Liebes. Atme.
Lasse die Tränen fließen.
Lasse Wut und Trauer zu.
Streichle deine Wurzeln.
Flüstere ihnen zu:
Es ist vorbei.

Ich bin jetzt hier.
Bei dir.
Fürchte dich nicht.

Erinnere dich.
Du bist stark.
Wunde Wurzeln tragen dich.
Sie erinnern dich.
An alte Zeiten.
Sie ermahnen dich.
Bei dir zu stehen.
Dich zu halten.
Zu vergeben
Und neu zu wählen.

Du kannst mit ihnen gehen.
Gen Himmel wachsen.
Deine Wurzeln sind Flügel.
Deine Hingabe an das Leben.
Ist ihr Balsam.

Es schmerzt.
Von Zeit zu Zeit.
Und erinnert dich.

Es ist gut.
Denn aus dem Schmerz.
Erblüht die Knospe.
Die nach Entfaltung ruft.
Es ist Zeit.
Du gehst deinen Weg.
Mutig und wahrhaftig.
Deine Spuren sind sichtbar.
Leuchtend und weisend.

Für alle
mit wunden Wurzeln.

Abschied und Neubeginn

Weißt du,
es geht nicht gegen dich.
Es geht nicht darum,
dich zu verletzen,
dich zu leugnen,
dich zu strafen.

Weißt du,
es geht darum,
bei mir zu stehen.
Es geht darum,
ehrlich mit mir zu sein,
Grenzen zu erkennen,
alles zu zeigen.

Wenn es sein muss,
roh und nackt.
Ohne Filter,
Ohne Halt,
Ohne Kontrolle.

Es geht darum,
dass wir ehrlich sind.

Es geht darum,
Verborgenes sichtbar zu machen.
Es geht darum,
zu erinnern, zu danken,
zu weinen, zu klagen,
zu verzeihen.

Es fühlt sich an wie sterben.
Und gleichzeitig wie werden.
Es geht darum,
im Feuer zu stehen,
die Glut zu spüren,
auf ihr zu tanzen
und neu zu wählen,
wer wir sein wollen.

Aus der Asche erwächst Neues.
Der Same ist kraftvoll,
ursprünglich, leuchtend.
Er wird genährt von Liebe,
von Vergebung, von Wahrheit,
von Güte, von Demut, von Klarheit,
von Sehnsucht.

Es geht darum,
mit der Wunde zu gehen,
zu wachsen, zu erblühen,
in all der Pracht, die in uns liegt.

Es geht darum,
mit offenem Herzen zu lieben.
Immer und immer wieder.
Mit dem Schmerz, mit dem Kummer,
mit der Hoffnung.

Es geht darum,
zu nehmen, was meines ist,
zu lassen, was deines ist.
Es geht um mich,
um dich, das Leben,
die Endlichkeit, die (Ent)Täuschung,
die Verbundenheit, die Liebe.

Es geht um Freiheit
und Entscheidungen.
Es geht um Abschied
und Neubeginn.

Die Perle

Verborgen liegt sie
am Grund des Ozeans.
Umhüllt von Sand und Schlamm.
Hier und da ein Glitzern,
wenn das Wiegen des Wassers
sie einen Moment freilegt.

Vergessen ihr Leuchten,
ihr Glanz und ihre Herrlichkeit.
Dort liegt sie, sanft und still.
Sie weiß um ihr Licht,
doch vermag sie nicht,
sich aus eigener Kraft zu heben.

Des Nachts ist ihr Leuchten sichtbar,
das den Ozean silbern schimmern lässt.
Doch kaum ein Auge
vermag es zu sehen.
Getrübt sind die Blicke.
Voller Angst und Kummer.
Vergessen haben sie,
ihr Leuchten, ihren Ursprung.

Die Jahre haben ihr nichts ausgemacht.
Sie weiß, dass ihre Zeit kommen wird.
Jemand wird kommen und sie bergen.
Bald schon.

Sie wird kommen und hinabtauchen
Durch die Dunkelheit bis auf den Grund.
Ihre Hände werden den Sand sieben,
bis sie findet, was nun heim möchte.

Die Zeit wird kommen.
Bald schon.
Und mit ihr werden Weitere kommen,
um zu bergen, was zu ihnen gehört.

Das Leuchten wird sich vermehren.
Die Menschen werden erinnern,
was sie einst der Tiefe übergaben,
um zu vergessen.

Was verloren schien,
wird gefunden.
Ihr Glanz wird sichtbar und
mit ihr kehrt die Freude zurück.

Die Freude zu leben und zu wirken.
Ein jeder mit seinem Licht.
Ein Meer aus Lichtern
wird den Horizont erleuchten.

Bald schon.
Wenn du dich erinnerst.
Und hinabtauchst in die Tiefe,
um zu bergen, was zu dir gehört.

Sie wartet.
Die Perle.
Auf dich.

Die Tiefe

Du kennst sie.
Die Tiefe.
Sie kommt im dunklen Gewand.
Schmiegt sich an dich.
Umhüllt dich.
Sie raunt dir zu.
Dunkles. Verborgenes. Vertrautes.
Sie webt ihr uraltes Netz.
Sie erinnert dich.

Sanft streichelt sie dein Haupt.
Sie legt ihre Hand auf dein Herz.
Es schmerzt.
Sie bleibt.
Sie hält dich.
Sie atmet mit dir.
Zug um Zug.

Obwohl es schmerzt.
Erinnerst du den Schatz.
In ihr.
Du wählst.
Zu bleiben.
Es zu halten.

Solange es braucht.
Du weinst.
Du schreist.
Du wütest.
Du brichst auseinander.
Die Wunde zeigt sich.
Roh. Dunkel. Tief.

Was im Verborgenen liegt,
wird sichtbar.
Durch deine Hingabe.
An die Tiefe.
Es geht nicht ums Verstehen.
Es geht ums Fühlen.
Im Feuer stehen.
Im Schmerz.
Und der Verzweiflung.

Du wendest dich ihr zu.
Der Tiefe.
Du weißt.
Der Schmerz heilt dich.
Die Dunkelheit lichtet sich.

Du fühlst es.
Du weißt es.
Du segnest es.
Du fühlst Dankbarkeit.
Denn hinter dem Schmerz,
wartet die Lebendigkeit.
Du weißt.
Es gibt diese Gezeiten.
Sie führen dich zu neuen Ufern.

Es liegt an dir,
die Tiefe zu umarmen.
Sie ist in dir.
Sie liebt dich ins Leben zurück.

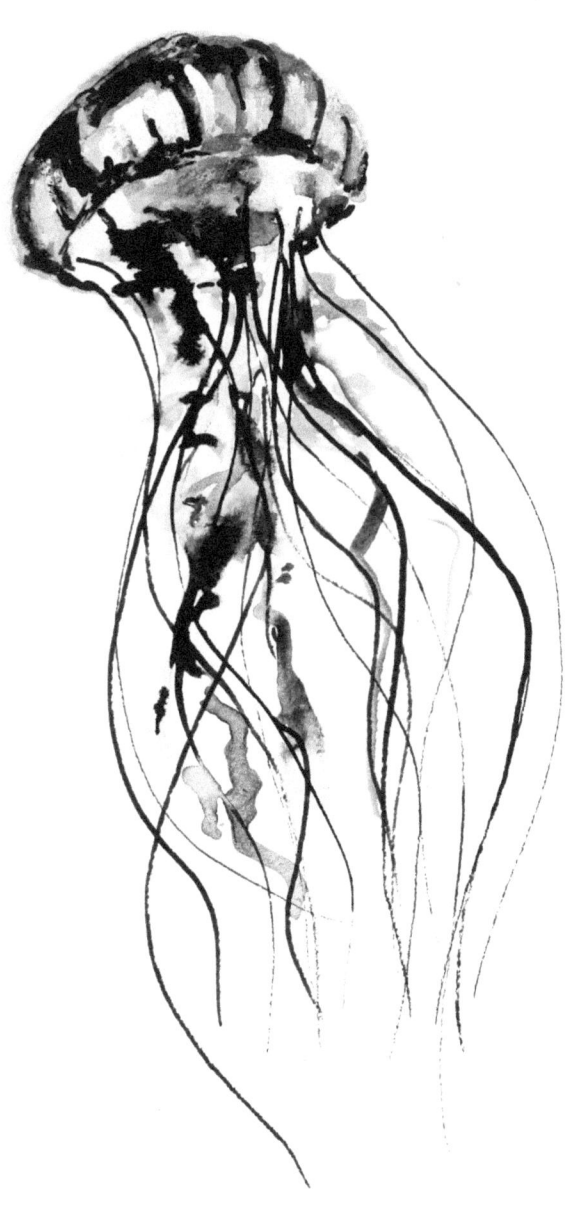

Sehnsucht

Mit einem Flügel
kannst du nicht fliegen.
Du strauchelst,
wankst mehr durchs Leben,
als dass du gehst.
Du suchst ihn,
den Flügel.
Du hoffst, er bringt dich zurück,
nach Hause,
zu deinem Ursprung.

Du erinnerst dich nicht,
Doch du fühlst die Sehnsucht
Und den Kummer.
Nicht ganz hier und nicht ganz dort.
So empfindest du es.

Manchmal
stehst du mit beiden Füßen
fest auf der Erde.
Du streckst deine Arme aus
und der Himmel berührt dich sanft.

In diesen Momenten
verbindest du,
was getrennt schien.

Folge deiner Sehnsucht.
Sie führt dich nach Hause.
Ins Leben.
Stelle dich bewusst hin.
Strecke dich gen Himmel
und sprich laut:
Ich bin bereit,
mit allem, was ich bin
hier zu sein.

Es wird geschehen.
Weil du es willst.
Du bist hier.
Weil du es gewählt hast.

Ursprung

Wenn ich in den Himmel schaue,
erinnere ich mich.
Ich erinnere mich an Zeiten,
die waren und nicht mehr sind.
Ich fühle Wehmut und Sehnsucht.
Ich weiß: Es ist so.
Ich habe gewählt.

Wenn ich in den Himmel schaue,
lacht mein Herz. Es erinnert sich.
Es fühlt die Weite und den Raum.
Es fühlt sich nach Ursprung an.

Wenn ich in den Himmel schaue,
jubelt meine Seele.
Sie erinnert sich.
Sie hat nichts vergessen.
Sie ist eins mit allem.
Sie tanzt den Tanz,
den wir Leben nennen.
Wenn sie Worte nutzen würde,
wäre es: Erfahrung.

Wenn ich in den Himmel schaue,
leuchten die Augen
meines Sternenkindes.
Sie hüpft freudig im Dunkel der Nacht.
Sie tanzt den Tanz der Sterne.
Frei und leicht.

Wenn ich in den Himmel schaue,
wird es still in mir.
Es entsteht Raum.
Friede. Ruhe. Verbindung.

Ich erinnere mich.

Für dich

Ich habe was zu sagen,
als Mensch, als Mutter, als Seele.
Ich habe was zu sagen,
als Freundin, als Schwester,
als Gefährtin.
Ich habe was zu sagen,
als Frau, als Mann, als Kind.
Ich habe was zu sagen,
als Tropfen im Wasser,
als Funkeln am Himmel.
Ich habe was zu sagen,
da ich all dies bin
und immer war.

Ich habe was zu sagen,
weil Schweigen schmerzt,
Ich habe was zu sagen,
da ich weiß: Du hörst mich.
Ich habe was zu sagen,
da es wichtig ist.
Ich habe was zu sagen,
für die, die keine Stimme finden.

Ich spreche zu dir,
weil ich mich erinnere.
Ich spreche zu dir,
weil ich hoffe.
Ich spreche zu dir,
weil ich weiß: Du verstehst.
Ich spreche zu dir,
weil ich es will.

Ich lausche und erinnere.
Ich ordne und sortiere.
Ich verbinde und übersetze.
Ich halte und wiege.
Ich hüte und schütze.

Ich bin da.
Für dich.
Liebes Kind.
Liebe Frau.
Lieber Mann.

Ich bin da.
Weil ich es will.

Mit all dem, was ich mitbringe.
Mit all dem, was ich erinnere.
Mit all dem, was es braucht für dich.

Es geht um alles.
Es geht um dich.

Ich reiche dir meine Hand
und mein Herz.
Ich warte auf dich.
Solange du brauchst.

Ich bin da.
Weil ich es will.
Für dich.

Ich gebe auf

Ich lege meine Waffen nieder.
Ich will nicht mehr kämpfen.
Weder für mich, noch gegen dich.
Kampf trennt. Immer.
Kämpfend habe ich die Liebe vergessen.
Wenn ich alles zulasse,
kehrt Stille ein.

Ich gebe auf.

Ich lasse zu.
Fühle. Erinnere. Erlebe.
In aller Tiefe.
Alles darf sein.
Die Schwere, der Kummer,
die Tränen, der Schmerz,
die Angst, die Liebe.

Ich gebe auf.

Ich höre auf zu leugnen.
Ich erlaube mir,
mich zu zeigen.
Mit all dem, was da ist.

Zögerlich, doch voller Sehnsucht.
Das Sehnen nach Ganzheit
ist mein Anker in stürmischen Zeiten.

Ich gebe auf.

Ich bin es mir wert.
Ich sehe mich.
Ich verspreche mir
liebevoll bei mir zu stehen.

Ich lege meine Hand auf mein Herz
Und sage laut: Geliebte,
ich bin jetzt da.

Ich bin bereit.
Für mich.

Eine Welt voller Möglichkeiten

Es gibt sie, die Lauten und die Leisen.
Es gibt sie, die Wilden und die Zarten.
Es gibt sie, die Großen und die Kleinen.
Es gibt sie, die Armen und die Reichen.
Es gibt sie, die Ängstlichen
und die Mutigen.

Es gibt sie.

Es gibt sie, die lauten Leisen,
die ihre Stimme heben,
da Schweigen unmöglich ist.
Es gibt sie, die wilden Zarten,
die im Feuer tanzen,
da das Leben sie ruft.
Es gibt sie, die großen Kleinen,
die ihr Leben in die Hand nehmen
und ihrem Ruf folgen.
Es gibt sie, die armen Reichen,
die verzagen, da Geld nicht
glücklich macht.

Es gibt sie, die ängstlichen Mutigen,
die es wagen Schritte zu gehen,
ohne den Weg zu kennen.

Es gibt sie, die Unterschiede
im Wahrnehmen und Handeln.
Es gibt sie, die Möglichkeit
Begrenzungen aufzulösen.

Und: Es gibt ein Wir.

Ein Wir, welches wir wählen können.
Ein Wir, welches wachsen mag.
Ein Wir, welches dich und mich trägt.
Ein Wir, welches berührt,
weil es Liebe ist.
Ein Wir, welches Veränderungen
möglich macht.

Es gibt sie, eine Gemeinschaft,
die verbindet und Visionen schafft.

Es gibt sie,
eine Welt voller Möglichkeiten.

Hüllen

Wenn die alten Hüllen zu eng werden,
spürt man den Ruf sie zu öffnen,
um weiter dem Licht entgegen
zu wachsen.
Zaghaft und gleichzeitig mutig –
mit Freude im Herzen.
Das ist der Weg.

Heimat wohnt im Herzen

Aus einer Kammer
in meinem Herzen
schaue ich in die Welt hinaus.

Mit schöpferischem Blick
und der Freude am Leben.
Unversehrt und behütet.

Von hier aus ist mein Blick ungetrübt.
Ohne Angst, Schmerz oder Zweifel.
Von hier aus atme ich Leben
und die Weite, die es mir schenkt.
Von hier aus entscheide ich täglich neu.
Von hier aus strömt Liebe in die Welt.
Von hier aus empfange und wandle ich.

An klaren Tagen
bin ich stets verbunden
und lebe aus dem Herzen heraus.

An trüben Tagen
liegt die Kammer im Nebel
und ich finde den Zugang nicht.

Mein Herz erinnert mich.
Es verlässt mich nicht.
Mit jedem Schlag
ruft es mich zurück.

Mal kraftvoll und mal leise.
Vertrauensvoll und weise.

Ich nenne es Heimat.

Dämmerung

Mit der Dämmerung
beginnt ein neuer Tag.
Frische und Unschuld
zieht in Wolken über das Land.
Der Himmel schimmert rötlich
und flüstert ahnungsvoll.

Mit der Dämmerung
beginnt ein neuer Tag.
Manchmal ein neues Leben.
Im Verborgenen
räkelt sich ein Same.
Zart und fein liegt er in der Erde.
Er wartet auf Nahrung.

Mit der Dämmerung
beginnt ein neuer Tag.
Stille liegt über dem Tal.
Der Same keimt behutsam.
Trinkt Tropfen um Tropfen des Morgentaus.
Er dehnt sich und sprengt schließlich
den Mantel seines Kerns.

Mit der Dämmerung
beginnt ein neuer Tag.

Kraftvoll sprießt der Keimling.
Die Sonne wärmt sein Kleid.
Ohne Zweifel wächst er
dem Licht entgegen.
Lustvoll und spielerisch.

Mit der Dämmerung
beginnt ein neuer Tag.
Ohne es zu ahnen,
wandelt der Keimling
sich über Spross zur Knospe.
Entschlossen und ohne Scheu
entfaltet sich die Blüte
in Vollkommenheit.

Mit der Dämmerung
beginnt ein neuer Tag.
Das Licht hält Einzug und
bringt Neubeginn sowie Schönheit hervor.
Die Blume treibt weitere
Blüten aus und grüßt die Sonne
mit ihrer Farbenpracht.

Mit der Dämmerung
beginnt ein neuer Tag.

Einsamkeit

Manchmal ist es einsam in mir.
Ein stiller Ort, an dem kein Licht scheint.
Ein Ort, an dem ich mir begegne.
Mit allem. Nackt. Pur.

Mit allem, was in mir ist.
Dort blühen Blumen ohne Farbe.
Es singt Melancholie.
Schwer. Süß. Zäh.
Melodien der Vergangenheit.
Des Kummers. Des Verlusts. Des Grams.
Die Töne rieseln durch jede Zelle.
Erinnern. Küssen. Heilen.
Trotz der Trauer.

Einsam in mir,
heißt auch ganz bei mir zu sein.
Eine Weile.

Bis ich mich entscheide,
mich zu verbinden.
und zurückzufinden.
Zu dir. Und in die Welt.
Die sich dreht.
Mit mir.

Herzkontakt*

In der Verbindung
mit deinem Herzen
weißt du,
du bist sicher.
Immer.

In der Verbindung
spürst du Vertrauen,
Liebe, Nähe und Zuversicht.

In der Verbindung
mit deinem Herzen
öffnest du den Blick.
Du schaust. Bewusst.
Erfasst dein Gegenüber sehend.
Wissend, ihr seid da.
Miteinander. Füreinander.

In der Verbindung
hüpft dein Herz
und deine Seele lacht.
Gemeinsam tanzen sie gen Himmel.
Pulsierend. Lebendig. Leuchtend.

In der Verbindung
mit deinem Herzen
erkennst du Wahrheit.
Du erinnerst dich.
Immer wieder wählst du,
zu berühren.

Mit deinen Augen.
Mit deinem Herzen.
Mit deiner Entscheidung.

Du bist im Kontakt.

*Blickkontakt = Herzkonktakt, in Zeiten von Corona

Ich lausche und erinnere.
Ich ordne und sortiere.
Ich verbinde und übersetze.
Ich halte und wiege.
Ich hüte und schütze.

Alexandra Thoese

Danke...

♥ In Liebe für meinen Mann Holger. Ich danke dir, dass du stets an mich glaubst und mich zu neuen Schritten ermächtigst. Ich danke unserem Sohn Sinan, der mich gelehrt hat in die Tiefe zu tauchen, um wahre Schätze zu finden. Ich danke meiner Mama Eva, die in Liebe meine Texte mit der Welt teilt und für mich die wunderschönen Zeichnungen angefertigt hat.
Ich danke meiner Schwester Tanja die Gedichte nicht sehr mag, doch meine liebt.

♥ Ich danke meinen lieben Freund*innen und Wegbegleiter*innen. Ich fühle mich getragen und gesegnet durch unsere tiefen Verbindungen. Wenn du dich angesprochen fühlst: Genau dich meine ich.

♥ Insbesondere möchte ich der lieben Lilia danken, die mir dieses berührende Vorwort geschrieben und mich ermutigt hat, meine Gedichte zu veröffentlichen. Und ich danke von Herzen Katharina Sebert, die mir das Wort „Seelenpoetin" geschenkt hat.

♥ Ich danke dir, liebe*r Leser*in für deine Zeit, deine Offenheit und dein Eintauchen in die Welt meiner Worte. Mögen Sie dich erinnern, berühren und begleiten.

Alles Liebe für dich.

Anhang

Alexandra Thoese
www.alexandrathoese.de

facebook:
www.facebook.com/alexandra.thoese
www.facebook.com/MentoringHochsensible
instagram:
www.instagram.com/alexandra.thoese

Meine Gedichte zum Anhören
YouTube: www.bit.ly/38wZqB3
Vimeo: www.vimeo.com/alexandrathoese

Lilia Christina Martiny
Heilerin, Autorin, Mentorin, Seminarleiterin
www.lilithsfarm.de

Zeitfracht Medien GmbH
Ferdinand-Jühlke-Straße 7
99095 Erfurt, Deutschland
produktsicherheit@kolibri360.de